아무 다짐도 하지 않기로 해요

창비시선 450

아무 다짐도 하지 않기로 해요

초판 1쇄 발행 / 2020년 10월 12일
초판 3쇄 발행 / 2022년 11월 10일

지은이 / 유병록
펴낸이 / 강일우
책임편집 / 이해인 박문수
조판 / 한향림
펴낸곳 / (주)창비
등록 / 1986년 8월 5일 제85호
주소 / 10881 경기도 파주시 회동길 184
전화 / 031-955-3333
팩시밀리 / 영업 031-955-3399 편집 031-955-3400
홈페이지 / www.changbi.com
전자우편 / lit@changbi.com

ⓒ 유병록 2020
ISBN 978-89-364-2450-3 03810

아무 다짐도 하지 않기로 해요

유병록 시집

창비

차
례

제1부

제3부

제4부

제 1 부

검은 돌 흰 돌

그곳에서는
죽은 사람의 이름을 검은 돌에 새겨 우물에 던지지

물이 차오르는
우물 깊은 곳에는 죽은 자들이 가득하고

살아서 미처 남기지 못한 말들을
뒤늦게 전하듯이
검은 돌은 작아지지

아무도 없는 한밤중에는
어린 그림자가
사랑하는 이름을 흰 돌에 새겨 우물에 던지지

물을 긷는 우물 속에서 흰 돌이 빛나고

이름의 주인이 나타나면
안쪽에 차오른 말들이 입술 밖으로 흘러나오듯
흰 돌은 작아지지

사람들은 살아가지

검은 밤을 마시며
흰 낮을 마시며

염소 계단

주저앉는다
말뚝에 매인 염소처럼 도망치지 않는 돌계단은
주저앉기에 좋지

무엇을 잃어버릴 때마다
염소의 등짝 같은 돌계단에 앉아 생각한다

내려가는 중인지 올라가는 중인지

귀를 세워 듣는다
저 높은 곳에서 굴러 내려오는 불안한 숨소리
저 낮은 곳에서 걸어 올라오는 고단한 발소리

그 사이
돌계단은 천천히 식어가고

곧
어떤 결심이 근육을 팽팽하게 한다

돌계단이 구부리고 있던 무릎을 펴고 일어서면
나는 그 엉덩이를 때리며 말한다

가자고
까마득한 계단 저 높은 곳으로 아니면 저 낮은 곳으로
나를 태우고 가라고

결심을 경멸하면서
돌계단의 목덜미를 붙잡은 두 손은 놓지도 못하면서

염소를 기르는 밤 1

그는 염소를 기른다 하였다

까만 염소가 까만 염소를 낳고
눈이 먼 염소가 눈이 멀 염소를 불러모으고
왼쪽의 염소가 왼쪽의 염소를 환대하고……

아침이 오지 않는 절벽에서
어둠 속에서

수천마리 염소가 뛰어다닌다 하였다
눈 감고서 듣는 그 발소리가 좋다 하였다

대낮을 활보하는 소리보다
저 비탈의 울음이 더 근처인가요

이것이 대답이라며
그가 염소 한마리를 안아서
나에게 선물하였다

염소는
어둠 속에서 길을 잃지 않고
멀리 떨어져서 이야기를 나눌 수 있다 한다
뿔은 두려움이 없고
가죽은 추위를 모른다 한다

나는 염소를 기르기로 하였다
이제 나의 밤에도 염소가 산다

눈 감으면
벼랑을 모르고 뛰어다니는 염소의 발소리가 들린다
간혹

염소를 기르는 밤 2

어느날
까만 염소가 대낮의 창가에 나타나서 울고 있는 것이다

검은 뿔로
시계와 거울과 침대를 들이받는다
공기와 분위기와 온도를 망가뜨린다
까맣게 만들어버린다

부드럽고 긴 목덜미를 어루만진다

염소야, 지금은 낮이고
여기에는 너를 위한 풀이 자라지 않는다

저것들은 열매가 아니다
염소야, 여기에는 네가 타고 오를 절벽이 없다
이 웅덩이는 너를 위한 술이 아니다

누가 알고 있나
소리쳐도 도망가지 않는 염소를 밤으로 몰아가는 방법은

염소가 운다
밤은 춥고 자신은 너무 까맣다고
더이상 자기 이름을 부르지 말아달라고
부르지 않으면 길을 잃지 않으리라고
말하지 않는데

검은 뿔이
내 눈동자를 들이받는다 태양을 망가뜨린다
까맣게 만들어버린다

나는 염소 훈육법을 모르고

밤마다
길들여지지 않은 염소가 길들여지지 않을 염소를 낳는다

슬픔은

양말에 난 구멍 같다
들키고 싶지 않다

슬픔은 이제

아무렇지 않은 척
고요해진 척

회사에서는 손인 척 일하지
술자리에서는 입인 척 웃고 떠들지
거리에서는 평범한 발인 척 걷지

슬픔을 들킨다면
사람들은 곤란해할 거야 나는 부끄러워질 거야

네가 떠오를 때마다
고개를 흔들지 몸속 깊숙한 곳으로 밀어두지

구덩이 속에서 너는 울고 있겠지만

내가 나에게 슬픔을 숨길 수 있을 때까지
모르는 척
내가 나를 속일 수 있을 때까지
괜찮아진 척

사유지

그는 발견된다
의자와 망치에서 수도꼭지나 책장에서 불쑥 나타난다

사물들 속으로 뿔뿔이 흩어진 사람

사물들은 남아 있다
산 자든 죽은 자든 머물다 가면 그만이라는 표정으로
무덤이 죽음을 담고 있는 자신에게 놀라지 않듯

내가 그 과묵을 친애하는 동안

사라진다
헌책이 버려지듯 선풍기가 고장나듯 식탁이 부서지듯
느릿느릿 분명하게

사유지는 줄어들고

그는
겨우 발견된다

의자라는 말에서 망치라는 단어에서
수도꼭지나 책장이라는 글자에서
희미하게 분명하게

개를 기르는 사람

그는 개를 길렀다
젊은 날, 주체할 수 없는 마음을 집어삼킬 개가 있었으면
좋겠다고 생각했다
그렇게 개가 태어났다

가슴을 쥐어뜯듯이 마음을 꺼내어 손바닥에 올려놓으면
개가 달려와서 긴 혀로 핥아 먹었다

개는 무럭무럭 자랐고
그는 인내심이 강하고 겸손하며
신사적인 사람으로 존경받았다

개는 그에게만 보였다
아무도 그의 곁에 있는 덩치 큰 개를 보지 못했다

큰 개와 함께 산책하는 사람의 모습이 그러하듯
그가 개를 데리고 다니는지
개가 그를 끌고 다니는지 알 수 없었으나

개와 함께
그는 평온하게 살다 평온하게 죽었다

오랫동안 기르던 큰 개도 함께 죽었다는 사실을
남은 사람들이 알 수는 없었다

사과

사과밭에서는 모든 게 휘어진다

봄날의 약속이 희미해지고 한여름의 맹세가 식어간다
사과밭을 지탱하던 가을의 완력도 무력해진다

벌레 먹듯이
이제 내가 말하는 사과는 네가 말하는 사과가 아니다

모든 게 어긋난다
우리는 다른 장소에서 서로 기다리다가 지쳐버린다

내가 사과를 건네도 네 손은 비어 있다
농담을 해도 너는 웃지 않는다

사과가 떨어진다
돌이킬 수 없는 거리로 아득해진다

사과가 한광주리의 향기를 쏟으며 썩어간다

멀리 가지는 않고
사과나무 발치에서 썩어간다
사이를 짐작하다 말을 잃은 자처럼
핏기 없는 입술처럼

이사

바람을 뭉쳐서 벽돌을 만든다면
그것으로 집을 짓는다면

저렇게 투명하고 아름답겠구나

여럿의 마음을 잇대어
하루하루를 차곡차곡 쌓아올려서
오래도록 지은 집

여름에는 시원하고
겨울에는 아늑합니다

간절한 바람을 뭉쳐서
벽돌을 만든다면
그것으로 집을 짓는다면

저렇게 굳건하겠구나

바람의 투명한 기운으로

벽돌을 닮은 단단한 마음으로
오래도록 튼튼한

그 집에서
여러해 머물며 지냈습니다
떠날 때가 되었습니다

바람 벽돌로 지은
우리 집
안녕히 계세요

망설이다가

움직이면서도 늘 그 자리인 그네처럼
흔들리다가

봄은 가고
여름이 와요
그 여름에 당신은 없어요
망설이지 말라고 말해주는 당신은 없어요

나는 또 그네에 앉아
가만히 있어요

망설이는 건 자꾸 멍청이 같아서

사람을 놓치고
기회가 지나갈 때까지 머뭇거리고
사랑을 빼앗기지만

망설이는 건 가끔 설탕처럼 달아서

걱정도 사라지고
후회도 멀어지고
저절로 많은 일이 없어지고

그네에 앉아서
망설이고 또 망설이다
내가 무엇을 망설이는지도 모르다가

가을이 올 거예요
그 가을에 당신은 없을 거예요
망설이지 말라고 말해주는 당신은 없을 거예요

우리 무관한 지 이미 오래되었으니
그네와 나만 흔들리고 있을 거예요

미덕

나중에
창문 밖에서 울음소리 들릴 때 무엇을 하고 있었느냐
묻는다면
귀를 기울이고 있었다고
그 울음을 기록하느라 밤을 새웠다고
말하지 말아야지

지저분한 거리에서 구두가 더러워질까
걱정되었다고 말해야지

울음이 길에서 넘어져 일어서지 못할 때 어디에 있었느냐
묻는다면
멀지 않은 곳에 있었다고
무릎을 끌어안은 채 지켜보고 있었다고
말하지 말아야지

그를 부축하다가
나쁜 냄새에 기분이 상할까 주저되었다고 말해야지

집을 찾지 못한 울음이 문을 두드릴 때 무엇을 했느냐
묻는다면
깊이 잠들어 있었다고
아무 소리도 듣지 못했다고
말하지 말아야지

울음이 옆집으로 가기만을 기다렸다고 말해야지

말미의 변명은 가소롭고
그것만은 피하는 미덕을 간직해야지

그랬을 것이다

불 끄고 누우면
어둠의 완력이 천천히 그러나 완강하게 위와 아래를 벗기고
속옷까지 내리는 느낌

꼼짝할 수 없어서
무서워서

눈도 뜨지 못한 채
어둠이 물러가고 아침이 오기만 기다릴 때

차갑지만 부드러운 손길이 젖은 천으로 내 몸을 닦는 느낌

무서워서
숨 쉬는 것도 버거울 때

어둠은
눈동자에 머물던 풍경을 지우려 감은 눈을 다시 쓸어내리고
세상의 소리를 막으려 두 귀를 감싸고
누구의 이름을 부르지 못하도록 입을 덮어버리고

정갈한 옷을 다시 입히는 느낌
내가 더는 이 세상 사람이 아니라는 느낌

무력한 나는
누가
차가운 침묵을 물리치고 와서
두려움을 멀리 내쫓으며 와서
내 머리맡으로 와서
어둠의 팔목을 비틀며

눈을 뜨렴
나쁜 꿈을 꾸었구나
괜찮아
이제 소리 내어 울어도 괜찮아
토닥여주길 기다리는데

아무도 오지 않는다
더 어두워진다

기다림이 차가워진다
대낮의 기억이 어두워진다
모든 게 얼어버린다

그랬을 것이다
너는 그 차가운 어둠 속에서 기다렸을 것이다
그 작고 어린 게
기다리다가

어둠처럼 차가워졌을 것이다
그랬을 것이다

제 2 부

문을 두드리면

문짝 하나가 마을 밖으로 걸어간다

사방이 트인 외곽에서
담벼락이 없고
밥 지을 부엌이 없고
무엇을 숨길 만한 창고가 없고
마당도 창문도 없는
근사한 집을 완성한다

안쪽에는
아름다운 무늬의 식탁보가 없고
누군가를 기다리는 저녁이 없고

밤이 되어도 불이 켜지지 않는다
아무것도 태어나지 않는다

숨이 드나들던
지금은 굳게 닫힌 문

옆집과 같고
그 옆집과도 같은 색으로 칠해지고

문은
이제 안과 밖을 나누지 않는다
무엇을 지키려 밤새우지 않아도 된다
넘어지지 않으려 애쓰지 않아도 되는데

서 있다
누가 찾아와 자신을 두드릴 것이라는 듯이
그가 오면 안쪽에 누이고
긴 밤을 함께하겠다는 듯이

측량사

자는 길고 저울은 튼튼합니다

아마도
자는 해발과 수심을 재던 물건이었을 겁니다
저울은 정육점에서 쓰던 물건 같습니다

무엇이든 잴 수 있습니다
악취를 풍기는 구덩이, 머뭇거림이 뛰어내리지 못하는
난간, 분노가 가시지 않은 돌, 톱질의 기억이 앉아 있는 의
자……

자의 일은 높이를 재는 것이고
무게를 달아야 저울입니다

불안이 사라져도 키는 달라지지 않습니다
예감이 악몽으로 바뀌어도 중량은 그대로입니다
고통은 무엇을 더하거나 덜어내지 못합니다

나는 무감합니다

높이가 없는 것을 상상하지 않습니다
무게가 없는 것을 수긍하지 못합니다

무엇이든
자 옆에 세웁니다 저울에 올려놓습니다

측량할 수 없는 것은
아무것도 아닙니다 높이나 무게가 있을지 모르지만
사소한 오차일 뿐입니다

질문들

산 자가 죽음에 대해 이야기할 수 있는가
죽은 자도 가끔 산 자의 안부를 궁금해하는가

연인은 사랑을 이야기하고
이별한 자는 사랑을 정의하는가

검은색으로 빨강과 파랑을 기록할 수 있는가

차분한 목소리로 분노할 수 있는가
경어체로 항의할 수도 있는가

가난을 위한 노래는 빈털터리만이 부를 수 있는가
빈털터리의 노래는 단조로워야 하는가

사물과 대화를 나누려면 그를 흉내 내야 하는가
사물에게 사람 흉내를 부탁해야 하는가

기억은 말할수록 각인되는가
떠들어댈수록 휘발되는가

깨어난 자가 꿈을 기록할 수 있는가

지금 질문하는 자는 나인가 당신인가
대답은 나의 몫인가 당신의 몫인가

불의 노동

불은
죽은 이의 몸을 태워 한줌의 가루로 만든다

이미 뜨거움을 느끼지 못하겠지만
몸을 움츠리지도 않지만

불은 망설이지 않는다
남겨진 신발을 태우고 여름옷과 겨울 외투를 태우고
몇 계절을 순식간에 태워버린다

표정이 일그러지지만
시간조차 얼마 걸리지 않지만

불은 타오른다
성실한 일꾼처럼 쉬지 않고

남은 자가
불길 가까이 다가갔다가 화들짝 놀라서 물러서다가
나는 살아 있구나 깨닫다가

참을 수 없이 수치스러워지지만

그 순간
남은 자의 가슴으로 옮겨붙는

불에게는 휴식이 없다

불은
온전히 타버릴 때까지 꺼지지 않으리니

수척 1

슬픔이
인간을
집어삼킬
수
있다는
사실을
믿지
않은
시절이
내게도
있었다

수척 2

인간이
슬픔을
집어삼키며
견딜
수
있다는
사실을
믿지
않은
시절이
내게도
있었다

기분 전환

어떤 기분은 잘못처럼 여겨지니까

기분 전환을 위해
맛있는 음식을 먹으러 갈까
머리 모양을 바꿔볼까

우리의 기분이란
사소한 이유로도 쉽게 달라지고

어떤 기분은 짐처럼 무거우니까

목욕탕에 갈까
신나는 음악을 들을까
그럼 좀 가벼워질까

어떤 기분은 감옥처럼 느껴지니까

이사를 할까
먼 나라로 여행을 떠날까

기억이란
가벼운 바람에도 흩어지는데

너는 꼭
그 기분 속에서만 나타나고

어떤 기분은 이불처럼 편안하니까

나는 깊이 파묻혀
밖으로 나올 줄 모르고

회사에 가야지

알람이 울린다
출근해야지, 무성한 마음은 집에 두고 회사에 가야지

아무 일 없는 것처럼, 아무 마음 없는 것처럼
아침 먹고 집을 나서야지
신호를 지키며 운전해야지
사무실에 들어서면 사람들에게 인사하고
익숙한 자리에 앉아 일을 해야지

지난 회의록 정리하고 다음 회의 준비하고
일 진행되는 사정 살피고
기획안 쓰고 결재 올리고 회의하고
여기저기 전화하면 점심시간이 되겠지
점심 먹고 커피 마시며 이야기를 나누어야지

회사니까
슬픔을 나누는 일은 어색하니까
구원을 찾거나 함부로 조언을 주고받는 곳은 아니니까
적절한 거리를 유지해야 하니까

회사의 온도는 늘 적당하지
공기는 늘 아늑하지
사람들은 모두 다정하지

일하다보면 퇴근 시간이 되겠지
사람들과 인사 나누고 회사를 나서야지
집으로 돌아와 무사하고 보람찬 하루를 마무리해야지
아침을 기다리며 잠들어야지

그래, 출근해야지
눈물이 나기 전에 나의 아늑한 회사로 가야지

다행이다 비극이다

일어나고 싶지 않아 다시 눈 감고 싶어 울고 싶어 마음껏
소리칠래 아침부터 취해버릴래

다 그만두고 싶은데

일어나서 세수를 하지 아침 먹고 가방 들고 출근을 하지
사무실에 앉아서 일하지 점심도 먹고 담배도 피우지

나를 일으켜 세우는 건 그저

습관
배고픔
우편함에 꽂힌 고지서
월급날

슬픔은 얼마나 무력한지
나를 살아가게 하는 그저 그런 것들

슬픔이 휩쓸고 지나간 폐허인데

내 집이 있으면 좋겠어 기왕이면 넓고 깨끗하면 좋겠어
맛있는 음식을 먹고 싶어 월급이 좀더 오르면 좋겠어

유명한 시인이 되고 싶어 책이 많이 팔리면 좋겠어 그럴
듯한 새 시집을 내고 싶어

보잘것없는 욕망의 힘으로
나는 살아가지

얼마나
다행하고
다행한
비극인지

말하지 않은 너의 이야기가 너무 소란스러워

지난주에 개봉한 영화와
플라스틱 사용이 거북이에게 미치는 영향과
지리산 자락의 이색적인 펜션과
요즘 인기 있는 가수와
결혼식의 주인공은 과연 누구인지에 대해
우리는 이야기했지

대화가 끊기지 않게
너에 대해 말하지 않기 위해

떠올려야 했지
너를
너와 닿아 있는 것들을
행여라도 말하지 않기 위해

침묵이 끼어들 때면 희미하게 들렸지
우리를 부르는 다정한 호칭이
등 뒤로 지나가는 것만 같았지
사뿐한 발걸음이

어떤 목소리로 이야기해야 할지
아직 준비가 되지 않았으므로

다행히도
우리는 너와 무관한 이야기만을 나누었는데
안도하며 일어서는데

이상하게도
온통 너에 대해서만 이야기한 것 같았지

스위치

언제 이렇게 깜깜해졌을까

어둠 속에서 스위치를 찾으려다가
내 눈먼 손바닥이 당신을 때렸다
조심했지만 몇번이나 당신을 아프게 했고
당신의 손도 나를 때렸다

괜찮아
우리는 잠시 눈이 멀었으니까

곧 우리는 함부로 팔을 휘둘렀다
어두우니까 불을 밝히면 모든 게 좋아질 테니까

기억은 얼마나 보잘것없는지
스위치는 거기 없고

이 어둠이 당신 때문이라고 말하지 않았지만
아마 당신도 그랬을 것이다

한참을 더듬거리며 비명을 지르다
필사적인 손끝에 스위치가 닿는 순간의
머뭇거림

당신과 나는
멍투성이에 산발일 게 분명한데
불이 켜지면
우리는 지옥을 마주할 텐데

우리 함께 손잡고 기뻐할 수 있을까
어둠을 몰아낼 수 있을까

안다 그리고 모른다

막을 수 없는 일은 막을 수 없는 일이다

나는 신이 아니며
뛰어난 인간도 되지 못했고

보잘것없는 인간이 할 수 있는 건
그저 애쓰는 일
애쓰다가 실패하고 마는 일

안다
돌이킬 수 없는 일은 돌이킬 수 없는 일

벌어지지 않은 일이라 믿고 싶지만
여기는 꿈이 아니고

잠들지 못하는 밤에 할 수 있는 건
잊어버리는 일
그러나 기억하려고 애쓰는 일

모른다
나는 신을 믿지 않으며
끝을 준비하고 살아오지 않았으므로

왜 나인지
왜 나는 아닌지

딛고

선한 이여
나에게 바닥을 딛고 일어서라 말하지 마세요

어떻게 딛고 일어설 수 있을까
네가 활보하다가 잠들던 땅을, 나를 기다리던 땅을

두 팔에 힘을 잔뜩 주고서
구부러진 무릎을 펼쳐서

어떻게 너를 딛고 일어설 수 있을까
여기는 이미 깊은 수렁인데

선한 이여
손 내밀어 나를 부축하지 마세요

어떻게 벗어날 수 있을까
여기에 너의 웃음과 울음을 두고서
나를 부르던 목소리와
너의 온기를 두고서

아무 일도 없던 것처럼

모두 묻어두고서

떠날 수 있을까

여기는 이미 나에게도 무덤인데

모두 헛것이지만

눈 감고 왼손을 펼친다

무엇이든 만들어낼 수 있는 오른손으로
왼손 손가락마다
잎 무성한 나무를 심는다

손바닥에
붉은 벽돌을 쌓아 이층집을 짓고
자전거 탈 만한 마당을 만든다

작은 연못을 파고
물고기도 몇마리 풀어둔다

일가족이 마당에 나와 햇살을 맞는 가을

모두 헛것이지만

상상을 끝내기 전에
해 질 무렵까지

모두 집 안으로 들어갈 때까지 기다렸다가

왼손을 가만히 오므린다
그저 밤이 온 줄 알도록
아침을 기다리며 꿈을 꾸도록

장담은 허망하더라

다짐은 허망하더라
너를 잊지 않겠다 장담하였는데

세월 가더라
아침에 출근하고 저녁이면 퇴근하고
휴가도 가더라

공과금 고지서가 날아오고
전세 계약도 끝나가고

살아가더라
세계는 멸망하지 않고
나는 폐인이 되지도 못한 채

웃기도 하더라
새 차를 살까 이사를 갈까
재밌는 책이나 영화가 없을까
찾기도 하더라

사람은 숨이 끊어질 때가 아니라
기억에서 사라질 때 비로소 죽는 거라는 말
자꾸 새겨도

너를 기억하지 않고 지나는 하루도 있더라

하루는 이틀이 되고
이틀은 사흘 나흘이 되더라

너는 나타나더라
슬쩍 나타나서 우리 함께한 시절을 떠올리더라
나를 꾸짖는 모습은 아니더라

우리 함께한 세월은 하루하루 멀어지고

장담은 허망하더라
허망조차 허망하더라

제 3 부

너무 멀다

비가 내렸다 개고
꽃 피었다 지고
몇번이나 눈이 내렸다 녹고
다시 꽃 피는

그 숲에서
어린 바람이 무릎걸음으로 기어다닐 텐데

돌멩이를 가지고 한참을 놀다가
꽃잎을 만져보다가
개울에 슬쩍 손을 넣었다가
발을 담그기도 할 텐데

숲에 들어서면
바람이 내 바짓단을 붙잡으며 가볍게 흔들 거야

바닥에 앉으면 등에 업히기도 할 거야
무릎 위에서 사뿐히 뛰기도 할 거야

얼마나 컸는지 키를 재보고 싶을 텐데

너에게 꽃과 나무의 이름을 알려주고 싶을 텐데

한번 꼭 안아보고 싶을 텐데

간신히 울음을 참을 수 있을 텐데

날 저물면
바람아,
너는 이미 그 숲의 식솔이어서 거기 두고 와야 할 텐데

어둠 속에 너만 두고 올 수 없어서
내 마음도 거기 두고 와야겠지

너무 멀고 먼
오늘도 근처까지만 갔다가 돌아오는
널 두고 온
거기

사과

덩그러니 몸만 남기고
영혼이 온데간데없이 사라지는 일을

악마의 소행이라 믿고 싶지 않다
귀중한 물건을 훔쳐서 달아나는
도둑질이라 믿고 싶지 않다

봄부터 키운 사과를 따서
차곡차곡 상자에 담는 가을이라 믿고 싶다

도무지 믿을 수 없는 현실에서
믿음은 태어나는지도 모르지만

수확이 끝난 과수원
빈 가지마다
붉은 기억이 매달려 있는 것처럼

끝나는 것은 없다고 믿는다
아무것도 사라지지 않는다고 믿는다

믿음은 아직 여물지 못해서
거름을 북돋고
잘 보살펴야겠지만

믿음에 기대는 삶이란 갸륵하겠지만

살아남은 자들이
믿어지지 않는 현실에서 늙어가고
애지중지하는 믿음은 무럭무럭 자라겠지

사라지지 않는 것은 믿음뿐일지도 모르지만

산다

당신의 말투로 인사하면 기분이 좋아집니다
당신의 표정으로 다짐하면 쓸쓸해집니다

차츰 익숙해집니다
더듬거리지 않고 조언을 건넬 수 있습니다
사소한 농담에 성공하기도 합니다

고함을 치거나 비명을 지르는 일은 어렵습니다
울음을 닮으려는 시도는 실패합니다

떨림을 닮느라
침묵하는 시간이 길어지고

내 목소리를 잃어간다는 걱정
기어이 실패하리라는 충고

무덤이 죽음을 거부하지 않듯이
두렵지 않습니다

당신이 흐느낄 만한 곳에서 흐느낍니다
당신이 웃을 만한 곳에서 웃겠습니다

기로에 서면 당신에게 묻습니다
나에게 당신의 생각을 말해주는 일이 어색하지 않습니다

입술에서 당신의 억양을 발견할 때마다
지독한 다행입니다

너무나 인간적인 고통

고통이 시작되면
이상하지
더이상 고통스럽지 않지

익숙해지지
기어이 따뜻해지기도 하지

더 큰 고통이 어서 찾아오기를
나를 가만두지 않기를
갈가리 찢어버리기를 기다리는데

고통은 더 나약해지고
가끔씩 찾아오고

고통을 만나
그 나약함과 게으름을 따져 묻다가

고통에서 벗어나고 싶은 나를
나약하고 게으른 나를

수긍할 수밖에 없고

나는
다시 일어서고 싶은데

고통이 끝나면
이상하지
낯선 고통이 시작되지

눈물도 대꾸도 없이

나의 불행이
세상에 처음 있는 일은 아니라고
이 춥고 어두운 곳은
이미 많은 이가 머물다 간 지옥이라는 말

알고 있습니다

순탄한 삶이
불행을 만나 쉽게 쓰러졌다고
고통에 익숙하지 않아
다시 일어서지 못한다는 말

알고 있습니다

시간이 지나면
고통은 잦아들고
잊고
다시 살아가리라는 말

고개를 끄덕입니다

모두
알고 있습니다

사기

믿을 수 없겠지
모든 게 사기라는 걸

아무렇지 않게
인사를 하니까, 밥을 꼭꼭 씹어 먹으니까, 말끔한 모습이
니까

아무도 눈치챌 수 없지

내가
웃으니까, 책상에 앉아서 일을 하니까, 침대에 누워서 잠
을 자고 아침이면 일어나니까

아무도 모르지

몇번이나 인사를 연습하는 나를
솟구치는 울음을 밀어넣기 위해 부지런히 밥을 삼키는
나를
잠들지 못하는

악몽에 시달리다가 깨어나는 나를

들키지 않으려고 애쓰는 나를
들키고 싶은 나를

아무도 모르지

나도 곧잘 잊어버리니까
모두 사기라는 걸

악공이 떠나고

고통을 연주하는 음악이 아름다워도 될까

방금 전까지
수천수만갈래의 현(絃)으로 착란을 연주하던
악공이 떠나고

버려진 악기는 말하지
누가 날 연주해주세요 당신을 위해 노래할게요

리듬은 이번 생의 음악이 잠시 머무는 거처
떨림을 어쩌지 못하는 악기에게는 윤리가 없고

그러나
고통을 연주하기에 적합한 저 악기를 어루만지는 것은
손가락이 없는 바람이거나 어둠

수많은 현은
더이상 밤을 건너가는 계단을 건축하지 못하고

누군가
방금 전까지 당신의 것이었던 머리칼을 어루만진다

이미 끝나버린 음악의 음계를 기억해내는 데
하루를 바치기도 하는 것이다

비명에는 음계가 없다
나는 리듬을 증오한다

위안

붙잡을 게 없을 때
오른손으로 왼손을 쥐고 왼손으로 오른손을 쥐고
기도한다

맞잡은 손은 두려움을 이기지 못하지만
작은 위안이 된다

두 눈을 가리기에 적당한 손, 두 귀를 가리기에 알맞은 손

용서받지 못할 때
왼손으로 오른손을 씻고 오른손으로 왼손을 씻는다
아무것도 깨끗해지지 않지만
씻는 것만으로도 위안이 된다

주머니에 숨기기 적당한 손

두 손이
죽어가는 나무의 이미 죽은 가지처럼 느껴질 때가 있다

나의 말년은

두 손을 경멸하는 시간으로 가득할 것이다

간다

첫 데이트에 나선 이의 손에 들린 꽃처럼 사뿐하게

졸업식에 가는 어머니의 품에 안긴 꽃처럼 눈물겹게

결혼식장에서 허공을 가르는 부케처럼 산뜻하게

아무 날도 아닌 저녁의 꽃처럼 다정하게

흔쾌하게

마음 무너진 이에게 도착한 화분처럼 따뜻하게

주인 잃은 생일의 꽃다발처럼 서글프게

억울하게 죽은 이의 장례식장에 도착한 화환처럼 안타깝게

오래전에 죽은 이의 무덤에 도착한 꽃다발처럼 애처롭게

강건하게

갈 것이다

둔감

둔감을 물려받았다고
네 근처에서는 무엇이든 느리게 움직인다고 말했지

슬픔 가득한 곳에서 두리번거리는 너
울먹이는 사람들 사이에서 입 다물고 있는 너

사람들 표정을 따라 하다가
눈물을 흉내 내다가

그만두는 너

늦어도 괜찮아
언젠가는 오고야 마니까

사람들은 하나둘 사라지고
아무도 귀 기울이지 않는데

고요 속에
너 혼자 주저앉아 있지 너 혼자 울먹이지

느려도 괜찮아
무엇이든 천천히 떠날 테지만

둔감을 물려받아서
자기 울음이 얼마나 큰 줄 모르는 너
세월 가는 줄 모르는 너

파도가 간다

파도가 온다
며칠 먼 곳 다녀오다가
집이 보이는 곳에서부터 달리기 시작하는 소년처럼
가까워진다

기다리는 품에 안길 듯이
안기어 큰 눈으로 지난밤의 이야기를 늘어놓을 듯이
숨 가쁘게 달려오는데

그저
떠난다는 마지막 인사를 남기러 온 것처럼
먼발치에서 머물 뿐

들려주지 않는다, 지난밤의 이야기를
데려다주지 않는다, 지난밤의 놀란 눈동자들을
돌려주지 않는다, 지난밤을

지난밤은 이미 지난 밤
그 이야기들은 꺼내지 않은 채

잠시 머물다

파도는 간다
너는 간다

지난밤의
비명과 기도와 눈물과 원망과 분노와 사랑을 그대로 안고
멀어지는 뒷모습

그저
지각하지 않으려 학교로 뛰어가는 소녀처럼
서둘러 출근하는 회사원처럼
저녁이면 아무 일 없이 귀가할 것처럼

파도가 간다
고개를 돌려 손 한번 흔들어주지 않고

발

지나간 고통은 얼마나 순한가

인간 하나쯤 아무렇지 않게 태우고 다니는 네발짐승 같다
말귀를 알아듣는 가축 같다

소리 없이
나를 태우고 밥집에도 가고 상점에도 들른다
달리거나 가만히 서 있기도 한다

한참을 잊고 지내다
네 등에 올라타고 있다는 사실을 떠올린다

길들여진 고통은 얼마나 순종적인가
사나운 짐승의 시간은 이미 오래전의 일
네 발이 내 것 같다

말을 듣지 않고 날뛰는 시간도 있다
그러나 너를 껴안으면 떨어지지 않을 만큼만 위험한 길

참을 수 있을 만한 시간이 참기 어려운 밤

발을 어루만진다
발가락을 하나씩 세어본다
내 발이 네 것 같다

너는 나를 태우고 또 어디론가 가려 한다

네 등은 따뜻하고
나는 그 커다랗고 우멍한 눈동자와 마주치는 일이 드물다

아무 다짐도 하지 않기로 해요

우리
이번 봄에는 비장해지지 않기로 해요
처음도 아니잖아요

아무 다짐도 하지 말아요
서랍을 열면
거기 얼마나 많은 다짐이 들어 있겠어요

목표를 세우지 않기로 해요
앞날에 대해 침묵해요
작은 약속도 하지 말아요

겨울이 와도
우리가 무엇을 이루었는지 돌아보지 않기로 해요
봄을 반성하지 않기로 해요

봄이에요
내가 그저 당신을 바라보는 봄
금방 흘러가고 말 봄

당신이 그저 나를 바라보는 봄
짧디짧은 봄

우리 그저 바라보기로 해요

그뿐이라면
이번 봄이 나쁘지는 않을 거예요

제 4 부

퇴근을 하다가

저는 성실한 사람입니다
늦지 않게 일어나서 늦지 않게 회사에 도착합니다
당연한 미덕입니다

복도에서 누군가와 마주칠 때마다
웃으며 인사합니다
일터의 소중한 동료들입니다

바닥에 떨어진 종잇조각을 줍기도 합니다
제 일터니까요

회사에는
즐거운 일도 있고 괴로운 일도 있습니다
대체로 아무 일도 없습니다
그저 일이 있습니다
저는 성실한 사람답게 일하고 일합니다

일이 많다고 힘겨워하거나
일이 적다고 기뻐하지 않습니다

하루를 무사히 마치고
퇴근을 하다가
회사 건물을 올려다봅니다
무사한 하루란 얼마나 복된 일입니까

저기 허공에
한평 남짓한 제 자리가 있습니다
내일 아침에도 제 자리일 것입니다

저기서
꼭 제가 아니어도 할 수 있는 일을
제가 하고 있습니다
그게 참 마음에 듭니다

우리, 모여서 만두 빚을까요?

만두피에 소를 올린다
포개서 가장자리를 꾹꾹 누르고 끝을 이어 붙인다
만두 한알이 완성된다

능숙한 손에 몸을 맡기면
이렇게 그럴듯한 만두가 태어나는 법

사람 일도 마찬가지
차근차근 배우고 조심조심 따라 해서 나쁠 것 없는데
실패하지 않으면 더 좋은데

세상 제멋대로인 사람들 많다
도무지 말을 듣지 않는다
귀 모양을 닮은 만두만 내 이야기에 귀 기울인다

만두야, 그렇지 않니?
너도 나도 기왕이면 속 안 터지는 게 좋지 않겠니?
내가 나 좋으라고 이야기하니?

만두를 빚으면
국 끓여 먹고 튀겨 먹고 쪄 먹을 수 있지
남의 말 안 듣는 인간들은 어디 써먹을 데가 없지

도대체 왜 그렇게 막무가내일까
그들은 이미 틀려먹었다

빚고 또 빚어도
마음이 딴 데 가 있으니 만두 모양이 제멋대로다
자꾸 속이 터진다

오만 생각 다 그만두고
그래, 만두 빚을 때는 만두를 빚자
빚을 수 있는 것은 만두뿐이다

52수6934

사물에게는 영혼이 없다
쓸모가 다한 물건을 간직하는 건 의미 없는 일

내 손으로 공들여 만든 게 아니고
공장에서 똑같은 모양으로 만들어낸 물건에
특별함이 담겨 있을 리 없다
그저 사용되고 말 뿐이다
그것이 운명이다
아니 사물에게는 운명이 없다
쓸모가 없어질 뿐이다

2013년 10월에 중고로 산 2007년식 투싼은
폐차되거나 외국으로 팔려갈 것이다
대리점 직원의 처분에 따라
더 높은 값을 쳐주는 쪽으로 결정될 것이다
한덩어리의 고철이 되든 다른 나라의 들판을 달리든
나와 무관하다 차를 판 돈으로
새 차의 두세달 치 할부금을 낼 수 있을 것이다

278,750킬로미터의 길을 생각하지 않기로 한다
차 안에서 오가던 대화를 떠올리지 않기로 한다
초보 운전의 마음 졸임도
아찔했던 순간도 다 잊어버리기로 한다
기념사진을 남기지 않겠다
사물에게 영혼이 있을 리 없다
오래 간직한 신념을 바꾸지 않을 것이다

며칠 지나면 새 차를 타고 달릴 것이다
이름을 지어주는 어리석은 일 따위는 하지 않기로 한다

지구 따윈 없어져도 그만이지만

참 애쓰는구나
지구 멸망을 막으려 분투하는 사람들을 보고
영화관을 나와
자주 들르던 칼국숫집에 간다

사정이 생겨 문을 닫습니다
그동안 사랑해주신 분들께 감사드립니다

세상 칼국숫집이 그 집뿐이겠냐만
그 비빔칼국수와 황태칼국수를 먹지 못한다니

친구 같기도 하고 자매 같기도 한
한명은 사장님 같고 한명은 직원 같은
아주머니 두분

도대체 무슨 사정이 생겼는지
슬픈 일이 있었는지
임대료가 턱없이 올랐는지

멸망한 지구처럼 불 꺼진 가게 앞에서 머뭇거리다
저녁은 뭘 먹을지 고민하다
앞으로 칼국수를 먹지 않겠다 다짐하다

지구 따윈 없어져도 그만이지만
칼국숫집이 없어지는 건 얼마나 억울한 일인지
우리 사랑은 왜 여기까지인지

집까지 걷기로 한다
칼국수의 맛을 기억하는 데 온 저녁을 할애하기로 한다

미지의 세계

자주 가는 그 까페는 이층집이다
나는 이층 창가에 앉아
밖을 내다보거나 밀린 일을 하거나 글을 쓴다

이따금 잘못 알고 위층으로 올라가려다
옥상 출입 금지라는 붉은 글씨와 마주친다

나는 그 까페의 단골이지만
한번도 옥상에 올라간 적이 없으므로
놀랄 것 없다
그곳에 죽은 구름들의 무덤이 즐비하거나
더이상 고통을 참을 수 없는 새들이 날아와
안락사당하는 병원이 있다 해도

까페 주인은 친절하고 미소를 잃지 않지만
반정부단체의 우두머리일지도 모른다

지하로 내려가는 계단은 직원 외 출입 금지이므로
놀랄 일 없다

그곳에서 도시 하나쯤 가뿐하게 날릴 수 있는
폭탄을 제조한다 해도
장물아비들의 소굴이라 해도

나는 주말마다 까페 이층에 앉아 있고
주인은 내가 무슨 일을 하는지 묻지 않는다
우리의 궁금증은 서로 묵음이다

이층에서 내려와 문을 나설 때
우리는 가볍게 웃으며 헤어진다

안녕히 계세요
안녕히 가세요

역사(驛舍)의 격언

역사 외벽에
고장의 아름다운 풍경과 함께
격언이 새겨져 있다

천천히 읽는다
무언가를 결심하는 표정으로

저 격언은
회사나 학교 현관에 붙어 있을 것 같다
눈에 잘 띄는 곳에

어쩌면
수용소에서도 들을 수 있을 것 같다
관리자는 선의를 가진 자일지 모르지만
악취미의 소유자일 수도 있다

병원에서도 사랑받을 것 같다
의사는 격언을 인용하며 위로하고
환자도 격언을 중얼거리며 회복을 기원할지 모른다

단호한 격언은
순식간에 희망을 선사한다

열차를 기다리며 중얼거린다
이 문장을 다시 만날 때
평화로운 역사를 떠올릴 수도 있겠지만
경기를 일으킬지도 모른다

곧 열차가 도착할 것이다

격언의 잘못은 아니다
잘못은 아니다

만날 수 없는 사람

만나지 않는 사람들이 있다
나는 만나고 싶지 않은 사람을 만나지 않는다

미워하므로
사과한다고 받아줄 마음도 없지만
그들은 사과조차 하지 않았고

그러니 우리
부디 살아서 다시는 마주치지 말자
혼자 다짐하다가

만나고 싶은데
오랫동안 보지 못한 사람들도 있다

연락을 하면
전화를 받지 않거나
언제 한번 보자는 이야기만 하고
감감무소식

어쩌면
그들에게는 지독하게 만나고 싶지 않은 사람이
나일 수 있겠구나

내가 그동안 지은 죄를 떠올려본다

우리
부디 살아서 다시는 마주치지 말자
나는 사과하지 않았고
사과한다 해도 받아줄 리 없으니

마흔이 내린다

하늘은 어둡고
저 높은 곳에서 빗방울이
아래로 아래로

나도
아래로 아래로

열일곱살 때부터
훌륭한 사람이 되기로 마음먹었는데

다른 사람의 마음을 읽는 일은 첩첩산중
단점을 찾는 건 재빨리

가까운 사람은 줄고
미워하는 사람은 줄지 않고
나의 잘못을 바로잡는 일은 여전히 서툴고

봄비는 그치지 않고
웃으며 뛰어다니던 빗속의 시절은 저 멀리

올해는 비가 덜 내리고
무더운 날씨 이어진다는데

비 오는 날만이라도
훌륭한 사람이 되기로 마음을 고쳐먹어야 하나
그건 가능한 일일까

훌륭한 사람은 어떤 사람인지
아직 모르는데

벌써 마흔의 비가 내리네
꾸짖듯이는 아니고
그저 넌지시

아래로 아래로
내 머리 위로

눈 오는 날의 결심

눈이 내린다
차갑고 포근하게 세상을 덮는다

누구든 용서할 수 있다면
아무도 죄를 묻지 않는다면
이런 밤이리라

말하는 것만으로도 얼마쯤 용서받는 기분이 드니까
눈밭에 나가
용서받지 못한 일을 늘어놓고 싶다

그동안의 잘못을 차곡차곡 써둔다면
푸른 싹이 돋을 때쯤
죄책감도 다 녹아 사라질까

나를 용서할 사람이 더이상 세상에 없는 잘못은
무릎이라도 꿇고 뉘우쳐야겠지
그럼 좀 나아지겠지

무거운 짐을 내려놓고
조금은 가뿐한 마음으로 걸어다니고 싶다

눈 내리는 날
그리하여 순백의 마음을 간직하는 날
죄도 용서받을 것만 같은 날

나는
아무 말도 하지 않을 것이다
용서를 구하지 않을 것이다

모자

모자도 없이
두리번거리며 가끔 하늘을 올려다보며
인천 가는 길

모자 파는 가게를 찾다가
모자 쓰고 오가던 길을 기억해내다가
햇볕 따갑다
모자가 없다는 게 새삼스럽다

괜찮다고 잃어버릴 때가 되었다고
곧 나한테 어울리는 모자를 구할 수 있다고 믿고 싶은데

인천의 친구가
이야기를 들으며 웃는다

네 손이 어디에 슬그머니 두고 온 모양이지
잘됐어, 더 잘 어울리는 모자를 구할 수 있을 거야
내가 사줄 수도 있어
모자한테도 잘된 일일지 몰라

그가 미워지고
모자를 잃어버린 사실도 미워지고

모자도 없이
인천에서 돌아오는 길

사람들이 머리에 쓰고 있는 것을 모두 벗기고 싶다
모자든
모자를 잃어버렸다는 사실이든

이불

코끼리 한마리가
방 한쪽에 모로 누워 잠들어 있다

아무 말도 듣고 싶지 않다는 듯이
위로도 타이름도 자신을 일으켜 세울 수 없다는 듯이
널따란 귀로 얼굴을 가리고

여기는 이제 너의 집이 아니라고
그만 일어나 저 문밖으로 나가야 한다고
나는 재촉하지 못하고

이불처럼 커다란 귀를 덮고
코끼리는 잠을 잔다

방을 어지럽히거나 물건을 부수는 일도 없이
간직한 이야기가 잠잠해질 때까지 기다려달라는 듯이

내모는 일은 어렵겠구나 짐작하고
들여다보지 않은 며칠

너는 떠났다
광목천 같은 귀를 베어서 머리를 두고 눕던 자리에
곱게 개어놓고

나는 그것을 펼쳐서 덮지는 못하고
가만히 베고 누워
우리 함께 이불을 빨던 여름날을 생각했다
온기라고는 없는 서러운 바닥에서

우산

그만 제 동생의 손을 놓고 돌려주시겠어요?

신사적인 강도처럼
정중하게 미쳐버린 사람처럼
물어온다

모른 척 지나칠 도리가 없어
당신의 동생을 돌려주고

우산이 없는 손을 바라본다
예보에 의하면 곧 비가 내릴 것이다

당신은
얼른 집으로 돌아가자며
우산과 함께 달리기 시작할까
아니면 아무렇지 않게 우산을 펼칠까

펼치지 않은 마음이 멀어진다

저건 우산이고 펼치면 비를 피할 수 있지만
저건 우산이 아니고
펼친다 해도 비를 피할 수 없을지 모른다

비가 내리고
당신이 우산을 펼쳤으면 좋겠다

고통이 '봄'처럼 머무는 자리

박소란

한껏 무거워진 마음으로 희디흰 원고 뭉치를 내려다본다. 아직 제목도 없는 이곳엔 '유병록 시집'이라고만 조그맣게 적혀 있다. 먼저 고백해야겠다. 지난여름 내 이 원고를 읽는 일이 생각보다 쉽지 않았다고. 첫 페이지를 들춘 뒤에는 채 몇편 읽지 못하고 책상을 떠나야 했는데, 이곳의 시들을 다 읽기 위해서는 어떤 식으로든 마음의 준비가 필요하다는 사실을 알았다. 하루에 다섯편씩만 간신히 읽었다. 자주 슬픈 일이 출몰했다. 자주 한숨을 쉬었고 자주 입술을 깨물었다. 자주 창밖 먼 곳을 건너다보게 되었다. 시를 다 읽고 지금 이 글에 이른 독자들 역시 익히 짐작하지 않을까. 이 한권이 온전한 고통의 시집이라는 것을. 시인 자신이 아픈 몸으로 직접 써 내려간 이야기라는 것을. 몸으로 말해낸 진실은 어느 때고 강력한 법이다.

때로 시는 그 여린 체구에 너무 육중한 이야기를 짊어지고 있다. 앙다문 입속에 너무 많은 말을 담고 있다. 그런 시를 만날 때 욕심에 찬 독자인 나는 뭔가 좀 아는 체 이런저런 말을 늘어놓고도 싶지만, 그럴수록 무엇 하나 제대로 말해내지 못할 것을 예감한다. 이 시집에 대해 내가 할 수 있는 말은 별로 없을 것이다. 고통은 어디에 어떻게 머무는지, 시간이 휩쓴 뒤에도 왜 그 자리는 더욱 선연해만 지는지에 대해 아주 간신히 말할 수 있을 것이다. 고통의 자리를 떠나지 않고 그곳에 그대로 남아 "죽은 사람의 이름을 검은 돌에 새겨 우물에 던지"는 이가 "이름의 주인"을 그리며 다만 묵묵히 살아내는 "검은 밤"과 "흰 낮"(「검은 돌 흰 돌」)에 대해.

*

불은
죽은 이의 몸을 태워 한줌의 가루로 만든다

이미 뜨거움을 느끼지 못하겠지만
몸을 움츠리지도 않지만

불은 망설이지 않는다
남겨진 신발을 태우고 여름옷과 겨울 외투를 태우고
몇 계절을 순식간에 태워버린다

표정이 일그러지지만
시간조차 얼마 걸리지 않지만

불은 타오른다
성실한 일꾼처럼 쉬지 않고

남은 자가
불길 가까이 다가갔다가 화들짝 놀라서 물러서다가
나는 살아 있구나 깨닫다가

참을 수 없이 수치스러워지지만

그 순간
남은 자의 가슴으로 옮겨붙는

불에게는 휴식이 없다

불은
온전히 타버릴 때까지 꺼지지 않으리니
　　　　　　　　　　　　　　—「불의 노동」 전문

이야기는 한 '죽음'에서부터 시작된다. "죽은 이의 몸을 태워 한줌의 가루로 만든" '불'에서부터. 그는 이 모든 일을 겪은 이다. 죽은 이는 "이미 뜨거움을 느끼지 못"고 "몸을 움츠리지도 않"는데, 졸지에 "남은 자"가 된 그는 "불길 가까이 다가갔다가 화들짝 놀라서 물러서"는 이다. 그리고 새삼 깨닫는 것이다. 아, 나는 살아 있구나, 살아 있구나. 대체 무슨 연유일까. 그는 느끼고 감각하고 생각하고 상상하는 그 모든 살아 있음의 현상을 마치 처음 경험하는 사람처럼 군다. 태어나 처음 불에 손을 데고는 그것이 얼마나 뜨거운지를 이제 막 알아차린 사람처럼.

되짚어보자. 이 시인이 애초에 얼마나 감각에 능했던지를 우리는 첫 시집 『목숨이 두근거릴 때마다』(창비 2014)에서 이미 확인할 수 있었다. 그는 만물을 보고 만지고 느끼는 일에 주저하지 않았다. 모든 상황에 천진했고, 일견 대담하기까지 했다. 그리고 그러한 감각은 죽음을 담은 여러편의 시에서 특히 번득이곤 했다. 이를테면, 「두부」와 같은 시.

누군가의 살을 만지는 느낌

따뜻한 살갗 안쪽에서 심장이 두근거리고 피가 흐르는 것 같다 곧 잠에서 깨어날 것 같다

순간의 촉감으로 사라진 시간을 복원할 수 있을 것 같은데

두부는 식어간다
이미 여러번 죽음을 경험한 것처럼 차분하게
                                        ―「두부」 부분

　6년은 긴 시간이다. 그 시간 동안 그는 어쩌면 "이미 여러
번 죽음을 경험"했으나 지금에 이르러 다시 처음인 어느 죽
음을 겪은 것 같다. 이제야 비로소 진짜 '불'을 만나 화들짝
놀란 것 같다. 그리고 꼼짝없이 타들어간다. 조금도 차분할
수 없다는 듯, 시시로 그 사실을 토로한다. "슬픔이/인간을/
집어삼킬/수/있다는/사실을/믿지/않"(「수첩 1」)았노라, "양
말에 난 구멍 같"은 슬픔을 절대 "들키고 싶지 않"(「슬픔은」)
노라. 이전의 그라면 이런 토로를 조금 주저했을지도 모른
다. 하지만 그는 적잖이 변했다. 전과 같이 단정히 차려입
고 시간 맞춰 출근을 하지만, 서둘러 멀어지는 그의 뒷모습
은 어쩐지 헐벗은 편에 가까워 보인다. 혼자만의 밤을 맞아
불을 끄고 누울 때면 무섭다든지, "숨 쉬는 것"조차 버겁다
든지, 혹은 "내가 더는 이 세상 사람이 아니라"(「그랬을 것이
다」)든지 하는 느낌에 사로잡히곤 한다. 그리고 그 느낌을,
기분을 숨기지 않는다. 마치 스스로 체득한 감정을 더욱 거
세게 추동하겠다는 듯, 수차에 걸쳐 떨고 흔들린다. 그의 떨
림, 흔들림, 허둥지둥하는 몸짓은 잃어버린 자의 비의를 더
욱 생생하고 간절하게 드러낸다. 잘 차려입은 '외투'를 스스

로 벗고 '알몸'이 된 이에게서는 '구덩이'가 훤하고, 이로써 어쩌면 '사랑'은 다시 '시작'될 수도 있을까(「외투」, 『목숨이 두근거릴 때마다』).

지금 그는 "불길 가까이 다가갔다가 화들짝 놀라서 물러서다가/나는 살아 있구나 깨닫다가//참을 수 없이 수치스러워지"는 과정을 반복하고 있다. 역동적인 뒤척임을 멈추지 않고 있다. 혹자들은 이른 허무로 치장한 채 젠체하거나 손쉬운 체념을 삼킨 뒤 혼자만의 방에 틀어박히곤 했지만, 그는 그저 그 몸의 과정을 거듭해간다. 그리고 천천히 알아간다. "남은 자의 가슴으로 옮겨붙는//불에게는 휴식이 없다"는 사실을.

'불'과 같은 말을 두고 내가 떠올리는 장면은 이런 것이다. 언젠가 대학로의 한 건물 복도에서 그를 잠시 마주한 일이 있다. 그때껏 알고 지낸 유병록과는 다른 유병록을. 거센 불이 그를 덮친 지 얼마 지나지 않은 때. 작은 문학 행사가 있었고, 그는 행사를 준비하는 한국작가회의 젊은작가포럼의 위원장을 맡고 있었으므로 그 자리를 피할 도리가 없었을 것이다. 행사가 있던 건물 복도에서 스치듯 본 그의 눈은 말할 수 없이 붉게 젖어 있었는데, 마치 사람의 손이 오래도록 스치지 않은 우물처럼 오롯이 깊고 어두웠다. 뭐라 안부조차 건넬 수 없이 상한 그 얼굴을 나는 내내 못 본 체했으나……. "양말에 난 구멍"은 결국 들키게 마련이다. 아슬아슬 버티는 이의 슬픔이란 으레 그런 것일 테다. 그때가 정확히 언제였는지. 풍경마다 여백을 늘려가는 가을이었는지, 모조리 빈 겨울이었는지 정확히 기억할 수 없지만 그가 이런 글을 쓰기 한참 전임은 또렷하다.

"나는 아들의 장례를 치르는 하루 반나절 동안 무려 세 끼를 챙겨 먹었다. 지금 생각해도 치욕스럽다. 아들에게 미안하다. 그러나 주변의 조언을 따르지 않고, 한끼도 먹지 않고 식음을 전폐했다면 어땠을까. 치욕스러움이야 덜했겠다. 그러나 그 거대한 슬픔을 내보일 힘을 끝내 잃었을지도 모른다. 어쩌면 얼마 지나지 않아서 더 큰 치욕을 느꼈을지도 모른다.

치욕스러움에 사무치는 때가 있다. 밥을 먹는 게 치욕스러울 수도 있고 잠을 자는 게 끔찍할 때도 있다. 사는 게, 인생이라는 게 치욕처럼 느껴질 때도 있다. 그러나 견뎌야 한다. 그 치욕을 견디고 살아가야 한다. 치욕을 견디고, 나아가 치욕의 힘으로 해야 할 일이 있다. 치욕스럽다는 이유로 더 소중한 것을 잃어서는 안 된다. 치욕스럽다는 이유로 소중한 것을 더 잃어서는 안 된다."

산문집 『안간힘』(미디어창비 2019)을 내기까지 그에게는 결코 짧지 않은 시간이 필요했다.

*

그사이 그는 정말이지 안간힘을 쓰는 듯 보였다. 그리고
차츰 상처를 이겨내는 듯 보였다. 예의 밝은 기질을 되찾은
그는 자주 웃었고, 곁의 사람들마저 자주 웃게 했다. 시간
이 약이라는 허약한 거짓말을 믿었던 것은 아니다. 다만 최
근 몇년간 그가 일주일에 삼일씩 꼬박꼬박 어울리지도 않
는 춤을 배우러 다닌다고 했을 때, 춤이라기보다 실은 율동
에 가까운 움직임을 계속해나갈 때, 그가 그 자신의 방식으
로 울음을 바꾸어내고 있구나 짐작했다. 내가 아는 유병록
은 누구보다 성실하고 정직한 사람이니까. 그답게 모든 고
통을 감당하고 있구나. 그런 만큼 사람들은 안심할 수 있었
지만…… 대체로는 헤아렸을 것이다. 그러한 모습들 또한
그의 사려 깊음이 만들어낸 포즈일 수 있다는 점.

그는 다만 예의 안간힘으로 자신의 밤 속에 자신을 똑 닮
은 '염소' 한마리를 들인 것인지 모른다. "어둠 속에서 길을 잃
지 않고/멀리 떨어져서 이야기를 나눌 수 있"는, "뿔은 두려
움이 없고/가죽은 추위를 모"(「염소를 기르는 밤 1」)르는 순하
고 우직한 짐승을 기르기로 한 것인지도. 하지만 그 염소는
결국 울음을 터뜨리고 만다. "밤은 춥고 자신은 너무 까맣다
고/더이상 자기 이름을 부르지 말아달라고". 그러다 급기야
는 "검은 뿔"이 그의 "눈동자를 들이받"고 "태양을 망가뜨"
리며 온 세상을 "까맣게 만들어버린다"(「염소를 기르는 밤 2」).

혼자 있을 때의 그를 떠올리면 여전히 대낮의 창가를 등
지고 앉은 채다. 특히 "아무렇지 않은 척/고요해진 척"이라
고 말할 때. 그는 자신의 깊은 '구덩이' 속에 슬픔을 두고도
"회사에서는 손인 척 일하"고, "술자리에서는 입인 척 웃고
떠들"고, "거리에서는 평범한 발인 척 걷"는다. "슬픔을 들
킨다면/사람들은 곤란해할" 테니까. 그는 가능할 때까지 계
속해서 "괜찮아진 척"(「슬픔은 이제」)을 멈추지 않을 작정인
것 같다. 그러나 '척'이란 본래 위태로운 처지에 있다. 아울
러 여기에는 많은 힘이 소요된다. 이는 단순히 그럴듯하게
꾸민 '~하는 체'에 지나지 않는 것은 아니다. 이를테면,

> 나중에
> 창문 밖에서 울음소리 들릴 때 무엇을 하고 있었느냐
> 묻는다면
> 귀를 기울이고 있었다고
> 그 울음을 기록하느라 밤을 새웠다고
> 말하지 말아야지
>
> (…)
>
> 울음이 옆집으로 가기만을 기다렸다고 말해야지
>
> 말미의 변명은 가소롭고

그것만은 피하는 미덕을 간직해야지

─「미덕」부분

이런 마음. "창문 밖에서 울음소리 들릴 때", 소리가 들리지 않을 때조차 "귀를 기울이고 있었"으면서도, "그 울음을 기록하느라 밤을 새웠"으면서도, 그것이 행여 가소로운 변명이 되지는 않을까 근심하는 심정. 때로는 "말하는 것만으로도 얼마쯤 용서받는 기분이 드니까/눈밭에 나가/용서받지 못한 일을 늘어놓고 싶"지만, 그러면 "죄책감도 다 녹아 사라질" 듯도 하지만, 기어코 "나는/아무 말도 하지 않을 것이다/용서를 구하지 않을 것이다"(「눈 오는 날의 결심」)로의 귀결. 아아, 그는 자신을 얼마나 미워하고 또 벌주고 있는가. "슬픔이 휩쓸고 지나간 폐허인데/내 집이 있으면 좋겠어 기왕이면 넓고 깨끗하면 좋겠어 맛있는 음식을 먹고 싶어 월급이 좀더 오르면 좋겠어//유명한 시인이 되고 싶어 책이 많이 팔리면 좋겠어 그럴듯한 새 시집을 내고 싶어//보잘것없는 욕망의 힘으로"(「다행이다 비극이다」) 살아가는 자신을. 앞선 '척'은 바로 이 같은 무거움 또한 포함한다. 삶의 순간순간 고통에서 벗어나고 싶지만, 다른 한편으로 고통을 완전히 벗게 될까 긍긍하는 마음까지 모두 다.

이 점을 상기하면 확실해진다. 그는 자신을 계속해서 괴롭히는 자다. 슬픔 앞에 슬픔보다 먼저 무력해져가는 자신을 용납하지 못하는 자다. 짐을 짊어지려는 자다. 고행을 택

했고 그 일을 멈추지 않으려는 자다. 스스로 원하는 자다. 슬픔 안에 머물기를. 고통의 자리를 지키기를. 가능한 한 오래도록. 그는 성실하고 정직한 사람이니까. 바로 자기 자신에게.

그가 시작한 이 고행의 역사는 그 자신의 작고 어두운 방에서부터 불특정 바깥으로 삽시에 뻗어간다. 자신의 눈길과 발길이 닿는 도처에서 그는 다양한 상실을 목도하고 또체험한다. 단골 까페 옥상과 같은 지극히 일상적인 공간에서조차 난데없이 "죽은 구름들의 무덤이 즐비하거나/더이상 고통을 참을 수 없는 새들이 날아와/안락사당하는 병원"(「미지의 세계」)을 상상한다. 그는 더이상 무엇에도 놀라지 않기로 한 사람처럼 행동한다. 그러기 위해 하루에도 여러번 마음을 다잡는 사람처럼. 희망을 닮은 어떤 사건도 일어나지 않는다, 않는다 미리 단념하는 것이다. 그런 사람이 살아내는 이곳은 삶일까, 아니면 다만 삶을 흉내 내는 죽음일까.

하지만 이상한 일이다. 간신히 버티는 비통의 풍경 속에도 묘한 온기가 스미는 순간은 존재한다는 것. 어느날 "자주 들르던 칼국숫집"에 당도했을 때, 거기 잠긴 문 앞에서 "사정이 생겨 문을 닫습니다/그동안 사랑해주신 분들께 감사드립니다"라는 메모만을 읽게 되었을 때 그는 떠올린다. "친구 같기도 하고 자매 같기도 한/한명은 사장님 같고 한명은 직원 같은/아주머니 두분". 그럽게 가만히 헤아려본다. "도대체 무슨 사정이 생겼는지/슬픈 일이 있었는지" "멸망한 지구처럼 불 꺼진 가게 앞에서 머뭇거리다/저녁은 뭘 먹을지 고민하다/앞으로 칼국수를 먹지 않겠다 다짐하"는 그. 그 길로 집까지 걷는 그. "칼국수의 맛을 기억하는 데 온 저녁을 할애하기로"(「지구 따위 없어져도 그만이지만」) 하는 그. 생활 가장자리의 작고 평범한 '이별'에서도 그는 한 세계의 멸망을 본다. 그리고 최선으로 그 멸망을 기린다. 삶과 죽음이 버무려진 매 순간 애도를 멈추지 않는다. 이럴 때 우리는 그가 길어올린 소박한 빛을 조심스레 엿보게 되는데⋯⋯. 아, 그러나 나는 이를 '빛'이라 명명해도 될까. "고통을 연주하는 음악"(「악공이 떠나고」)을 두고 아름답다고, 따뜻하다고 말해도 좋을까.

내친김에 용기를 내어 한걸음 더 나아간다면, 이러한 그의 '쓰기'란 과연 누구를 위한, 무엇을 위한 것인지 한번쯤 묻고 답할 수도 있겠다. 그가 이토록 지난한 자신의 고통을 차곡차곡 기록하는 이유. 그는 끝내 이야기하고 싶었던 것 같다. 자신이 얼마나 아픈지가 아니라 아픈 자신이 아픈 '당신'과 얼마나 진심으로 얼마나 오래 함께 울 수 있는지. (대개 다른 사람의 마음이 '상중(喪中)'이라는 사실을 스스로가 '상중'이 아닌 자는 보지 못한다. 겪지 못한다.) 울며, 울음을 훔치며 힘주어 말하고 싶었던 것 같다. "비가 내리고/당신이 우산을 펼쳤으면 좋겠다"고. "펼친다 해도 비를 피할 수 없을지"(「우산」) 모르지만, 그럼에도 우리 함께 우산을 쓰고 집으로 돌아가면 좋겠다고. 이런 일을 나는 기어이 그의 고통이 이룬 성취라 이르고 만다. 그의 고통이, 그의 '쓰기'가 '나'의 것을 넘어 '우리'의 것이 되는 쪽으로 천천히 깊이 복무해가고 있다고.

*

이토록 단단한 삶의 태도는 어떻게 가능한가. 단언하건대, 이는 믿음의 문제와 직결된다. 앞서 나는 이 시집을 '고통의 시집'이라 했다. 그렇다고 해서 여기 든 것이 단지 고통뿐이라는 뜻은 아니다. 이 책은 '고통의 시집'이자 '믿음의 시집'이라고 나는 감히 수식하고 싶다. 남겨진 자가 상실을 견디며 기어이 지켜내는 애도란 결국 믿음의 일임을 나 역시 어렴풋이나마 안다. "남은 자의 가슴으로 옮겨붙는//불에게는 휴식이 없다"라는 사실을 깨달음과 동시에 스스로 기꺼이 불타오르기를 멈추지 않는 법을.

덩그러니 몸만 남기고
영혼이 온데간데없이 사라지는 일을

악마의 소행이라 믿고 싶지 않다
귀중한 물건을 훔쳐서 달아나는
도둑질이라 믿고 싶지 않다

봄부터 키운 사과를 따서
차곡차곡 상자에 담는 가을이라 믿고 싶다

도무지 믿을 수 없는 현실에서
믿음은 태어나는지도 모르지만

수확이 끝난 과수원
빈 가지마다
붉은 기억이 매달려 있는 것처럼

끝나는 것은 없다고 믿는다
아무것도 사라지지 않는다고 믿는다

믿음은 아직 여물지 못해서
거름을 북돋고
잘 보살펴야겠지만

믿음에 기대는 삶이란 갸륵하겠지만

살아남은 자들이
믿어지지 않는 현실에서 늙어가고
애지중지하는 믿음은 무럭무럭 자라겠지

사라지지 않는 것은 믿음뿐일지도 모르지만
—「사과」전문

　믿음이란 그런 것이다. 믿음이 있는 한 지금 이곳의 비루한 세계로부터 충분히 다른 세계를 읽어낼 수 있다. 그렇다면 믿음은 어떻게 태어나는가. 그 모태란 다름 아닌 "도무지 믿을 수 없는 현실"이다. 믿는 일 외에는 다른 어떠한 방도도 없을 때, 그때 우리는 비로소 믿음을 꺼내 들여다볼 수 있다. "붙잡을 게 없을 때/오른손으로 왼손을 쥐고 왼손으로 오른손을 쥐고"(「위안」) 그 어느 때보다 신실한 자세로 기도에 임할 수 있다. 그리고 믿음이 거짓말처럼 세워 올린 한 세계에 당당히 진입할 수 있다. 누군가는 그런 믿음으로 믿음 안에서 살아갈 수 있다. "믿음에 기대는 삶이란 갸륵하겠지만" 어쨌든 살 수 있는 것이다. "너는 떠났다"면, "광목천 같은 귀를 베어서 머리를 두고 눕던 자리에/곱게 개어놓고" 종적을 감췄다면, 남은 '나'는 어떻게 견딜 수 있을까. 네가 개어놓은 "광목천 같은 귀"를 "펼쳐서 덮지는 못하고/가만히 베고 누"운 '나'는 어떻게. 방법은 "우리 함께 이불을 빨던 여름날"에 대한 생각, 그 되새김에 있다. 그 한때를 믿고 간직하는 것만으로 "온기라고는 없는 서러운 바다"(「이불」)을 '나'는 견딜 수 있다. 견딜 수 있다. 이런 주문이 빚은 환상은 이따금 현전으로 다가오기도 할 것이다.
　"우리를 둘러싼 사물과 사람들에게 새로운 의미와 가치

를 부여하는 예술 창조의 작업은 바로 '믿음의 힘'에 의해 가능해지는 것이다. 예술가의 천재성은 그가 관찰하는 대상에 달려 있는 것이 아니라, 그가 가진 믿음의 힘과 비례하는 것이라 할 수 있다"(이성복 『프루스트와 지드에서의 사랑이라는 환상』, 문학과지성사 2004)와 같은 말을 다시금 생각한다. 이는 예술의 이야기이자 삶의 이야기. 시인 유병록이 더 막강한 믿음의 힘을 발휘하여 쓰고, 또 살기 시작했다는 이야기.

이런 사정을 빌려, 아주 이따금은 안심하고 싶어진다. 믿음의 어느 순간에 이르러 그는 "인간이/슬픔을/집어삼키며/견딜/수/있다는/사실을/믿지/않은/시절"(『수척 2』)을 건넜다고. 이제는 슬픔을 이기고 퍽 좋은 시절을 살고 있다고. 실제로는 어떤가? 글쎄, 잘 모르겠다. (원고를 읽는 내내 나는 그의 뒷모습을 떠올렸고, 시집으로 엮을 아픈 시편들을 정리하느라 재차 힘들었을 그를 생각했다. 소리도 없이 떨었을 그의 등을 염려했다.) 이 시의 제목이 '수척'인 것만 봐도 그렇다. 그는 조금 더 수척해졌을 뿐, 나는 다만 주문에 가까운 그의 믿음을 힘껏 함께 붙들 뿐. 그의 말대로 이 광폭한 세상에서 "사라지지 않는 것"은 오직 "믿음뿐"이므로.

지금의 공고한 혹은 '갸륵한' 믿음의 세계 안에서 그는 그저 하나의 사실을 아는 상태에 도달해 있다. "숨이 드나들던" 문, "지금은 굳게 닫힌" 바로 그 문이 "이제 안과 밖을 나누지 않는다"는 것. 그러니 "무엇을 지키려 밤새우지 않아도" 되고, "넘어지지 않으려 애쓰지 않아도"(『문을 두드리면』)

된다는 것. 그런 그에겐 섣부른 다짐이나 약속이 필요치 않다. 막연한 희망이나 낙관에 기댈 이유가 없다. "목표를 세우지 않기로 해요/앞날에 대해 침묵해요/작은 약속도 하지 말아요"(「아무 다짐도 하지 않기로 해요」). 이는 또한 자신을 견디기 위한 주문이자, 한편으로는 과장도 엄살도 없이 있는 그대로의 삶을 직시하겠다는 의지일 테다.

봄이에요
내가 그저 당신을 바라보는 봄
금방 흘러가고 말 봄

당신이 그저 나를 바라보는 봄
짧디짧은 봄

우리 그저 바라보기로 해요

그뿐이라면
이번 봄이 나쁘지는 않을 거예요
———「아무 다짐도 하지 않기로 해요」 부분

유병록의 방식이란 이런 것일까. 삶이 지속되는 한 고통을 멈출 수 없다는 것. 고통을 외면할 수 없다는 것. 그렇다면 최선으로 그 고통의 자리를 일구고 가꾸어나가겠다는

것. 바로 이렇게. "내가 그저 당신을 바라보"고 "당신이 그
저 나를 바라보는 봄"을 멈추지 않음으로써. "왼손으로 오
른손을 씻고 오른손으로 왼손을 씻는다/아무것도 깨끗해지
지 않지만/씻는 것만으로도 위안"(「위안」)이 될 수 있으므로.
아끼는 서로가 서로에게 위로를 건넬 수 있으므로. 그러다
보면 믿음 안에서 어떤 기적이 탄생할 수도 있다고. 어느날
문득 "누가 찾아와 자신을 두드릴" 수도 있다고. "그가 오면
안쪽에 누이고/긴 밤을 함께"(「문을 두드리면」)할 수도 있겠
다고.

　이 거룩한 '봄'의 행위는 물론 시인의 '쓰기'와 무관하지
않다. 원고 맨 뒷장, 미리 읽게 된 '시인의 말'에는 단 두 문
장만이 적혀 있다. 군더더기는 필요치 않다는 듯 짧고 명료
한 그 문장을 가만히 들여다보며 나는 그의 '봄'이 만물을
소생시키는 계절처럼 겸질길 것을 확신한다. 고통의 삶과
함께 쓰기가 지속될 것을. "나의 말년은/두 손을 경멸하는
시간으로 가득할 것이다"(「위안」)라고 그는 성난 듯 적은 바
있지만, 바라건대 훗날 이 세계의 끝에 이른 그가 누구도 무
엇도 경멸하지 않기를. 유병록, 그 자신에게도 시가 우산이
되기를. "비가 내리"면 그 역시 "우산을 펼쳤으면 좋겠다".
시인 유병록이 쉼 없이 아파할 때 시가 그의 아픔을 좀 가져
가주었으면 좋겠다.

朴笑蘭 | 시인

쓰겠습니다.
살아가겠습니다.

2020년 10월

유병록